BG 05.

06. 09.
07. 01.
07. 05.
08. 02.
09. 02.
09. 09.

03. 02.
08. 05.
10. 01.

17. 12. 10

1 4. 12. 11

Rhif/No. 26405776   Dosb./Class   WYF.

Dylid dychwelyd neu adnewyddu'r eitem erbyn neu cyn y dyddiad a nodir uchod.
Oni wneir hyn gellir codi tal.

This book is to be returned or renewed on or before the last date stamped above,
otherwise a charge may be made.

LLT1

GW 2640577 6

I Joe, am y syniad, ac i Kirsti, a gafodd y syniad am Joe – C.F.

I Pedja – K.W-M.

Cyhoeddwyd gyntaf yn Saesneg 2005
gan Scholastic Children's Books,
Commonwealth House, 1-19 New Oxford Street,
London WC1A 1NU
dan y teitl *Crocodiles don't brush their teeth*
Cyhoeddwyd yn Gymraeg 2005 gan Wasg y Dref Wen Cyf.
28 Ffordd yr Eglwys, Yr Eglwys Newydd,
Caerdydd CF14 2EA
Ffôn 029 20617860.

Argraffwyd yng Ngwlad Belg.

Dydy
CROCODEILOD
Ddim yn Glanhau eu Dannedd

Geiriau gan Colin Fancy
Lluniau gan Ken Wilson-Max
Trosiad gan Hedd a Non ap Emlyn

DREF WEN

Dydy crocodeilod ddim yn glanhau eu dannedd.

Ond dw i'n gwneud!

Dydy eliffantod
ddim yn chwythu eu trwynau.

Ond dw i'n gwneud!

Dydy **llewod** ddim yn brwsio eu gwallt.

Ond dw i'n gwneud!

Dydy **moch** ddim yn golchi eu hwynebau.

Ond dw i'n gwneud!

Dydy cathod ddim yn dweud

os gwelwch yn dda a diolch.

Ond dw i'n gwneud!

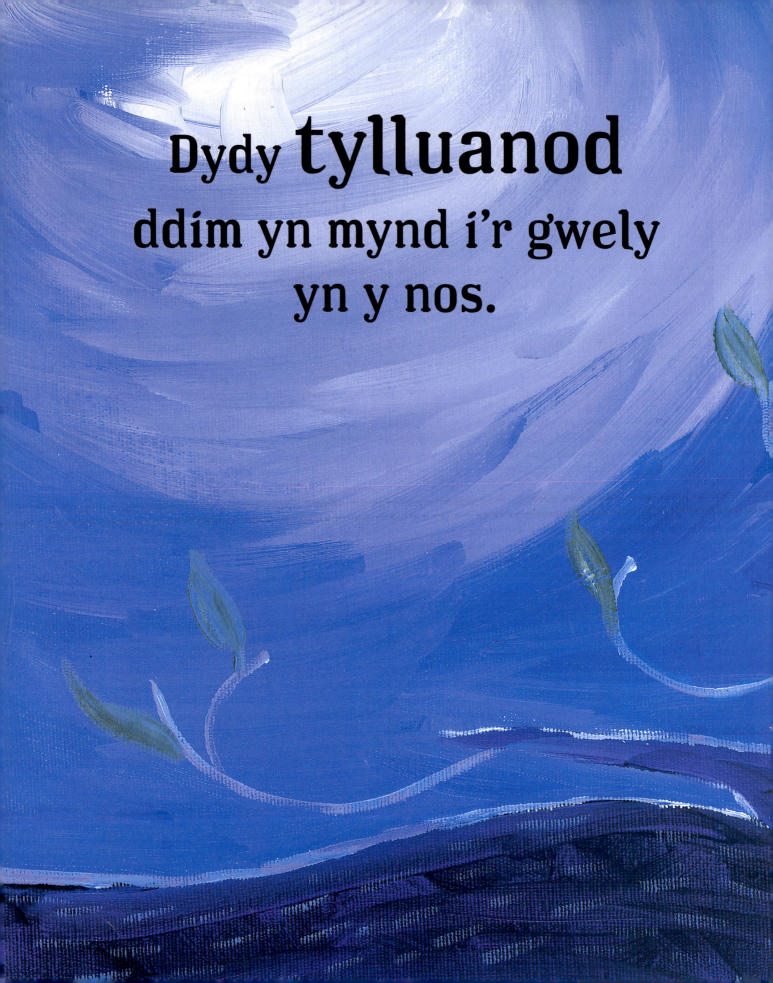

Dydy **tylluanod**
ddim yn mynd i'r gwely
yn y nos.

Ond rydyn ni'n gwneud!

Ydych chi?